KB275152

보혈, 여호와 닛시

— 승리의 깃발을 받고

한국보혈문학회 대표시선 5집

보혈, 여호와 닛시

— 승리의 깃발을 받고

열린서원

　　암이 찾아와 수술과 치료의 고통 중에서 말기 암을 투병하면서 하나님의 사랑으로 무사히 지나왔고 그 사랑을 생각하며 치료하시는 하나님 은혜를 순간순간 느끼며 '1권, 여호와 라파'를 출간하고 다시 '2권, 여호와 닛시'를 출간할 수 있게 되었습니다. 나는 세상에 장애를 지니고 태어났습니다. 어렸을 때는 사람들 앞에 나를 나타내기 싫어했고 나 자신을 자학하며 살아온 희망과 용기가 없는 사람이었습니다. 남편을 통하여 주님을 영접하고 딸을 통하여 주님의 깊은 은혜를 알 수 있게 되었고 희망과 소망을 안고 살게 되었습니다. 내가 세상에 와서 받은 최고의 선물이었고 고통 중에도 행복하게 길을 지나 올 수 있었던 평안이었습니다. 이 세상에서 주님을 영접하고 그 길에서 누리는 참 행복과 이 세상과 내세를 알 수 있었습니다. 주 안에서 평안을 알았고 행복을 알았고 암과의 투병하는 아픔 속에서도 평안을 누리며 살아왔습니다. 구주 예수그리스도는 우리를 사랑하십니다. 자신의 생명을 아낌없이 내어주시고 사랑하셨기에 그 사랑이 참으로 귀하고 아름다운 사랑입니다. 세상에서 자신의 생명을 내어주며 사랑하는 사람이었습니다. "사람이 친구를 위하여 자기 목숨을 버리면 이에서 더 큰 사랑이 없나니"[요15:13]. 예수그리스도는 우리를 살리려고 자기 목숨을 십자가에 내어주셨습니다. 살아계신 하나님이 생명을 구원하시고 사랑하셨습니다. 하나님, 예수그리스도, 성령님이 나를 사랑하셔서서 나도 성 삼위 하나님을 사랑하게 되었기에 이글을 남기게 되었습니다.

— 12월, 어느 깊은 밤, **이귀현**

이귀현 시인의 시집 『보혈, 여호와 닛시 – 승리의 깃발을 받고』는 한평생 신앙의 길을 묵묵히 걸어온 이의 영혼에서 길어 올린 찬양시(讚揚詩)이며, 동시에 하나님 나라를 향한 순례자의 일기이다. 이 시집을 펼치는 순간 독자는 단순한 문학의 세계를 넘어, 하나님 임재의 숨결이 스며 있는 기도의 자리로 초대된다. 이귀현 시인의 작품 세계는 크게 세 가지 특징으로 말할 수 있다.

첫째, 말씀을 몸으로 살아낸 신앙의 언어이다.

시인의 시편은 성경 구절과 깊이 맞닿아 있으며, 단지 인용에 그치지 않고 삶의 체험으로 녹아 있다. 성경이 들려주는 약속과 위로를 오늘의 삶으로 끌어와, 독자가 동일한 은혜의 현장에 서도록 한다. 시인은 말씀 앞에 엎드린 자만이 건져 올릴 수 있는 투명하고 겸손한 언어를 사용한다. 이는 시집 전편을 관통하는 경배·감사·순종의 영성을 완성한다.

둘째, 인간의 연약함과 하나님의 은혜를 깊이 보는 영적 시선이다.

이 시집에는 삶의 고난이 숨김없이 등장한다. 시인은 인간의 연약함을 재처럼 표현하면서도, 그 위에 내려오는 빛과 평안을 잊지 않는다. 이러한 대비는 시인의 고통을 미화하지 않으면서도, 고난을 은혜의 포장으로 이해하는 신앙의 통찰을 드러낸다. 이는 오랜 기도와 눈물 위에서 빚어진 영혼의 성숙이다.

셋째, 하나님 나라를 향한 사모함과 희망의 노래이다.

이 시집의 가장 빛나는 주제는 '본향을 향한 마음'이다. 하늘을 향한 그리움, 재림의 소망, 서 예루살렘의 평안이 시인 고유의 이미지와 결합하여 영원에 대한 열망을 아름답게 형상화한다.

　이처럼 이귀현 시인의 시집은 '신앙시'의 전통 속에서 매우 귀한 자리를 차지할 수 있는 작품이다. 그 언어는 단순한 서정이 아니라 기도의 숨, 말씀의 향내, 성령의 위로로 가득하다. 그의 시를 읽는 일은 하나님의 빛 아래에서 마음을 정돈하는 시간이 되며, 독자에게는 위로와 깨달음, 그리고 다시 걸어갈 힘을 준다. 특히 오늘날처럼 고단하고 복잡한 시대에 이 시집은 "주께서 준비하신 승리의 깃발을 붙들라"는 은혜의 메시지를 전하며, 삶의 모든 계절에서 하나님을 붙드는 법을 보여준다. 그의 시는 독자에게 '읽는 기도'를 선사하며, 영혼을 새롭게 하는 하늘의 생명약이 되어 줄 것이다.

　시인은 스스로를 "타버린 갈잎 같아 힘없는 재"라고 말하면서도, 그 재 위에 비추는 주님의 빛을 받아 다시 별처럼 반사되기를 소망한다. 그의 시에서 드러나는 언어는 화

려한 문학적 기교가 아니라, 기도의 호흡으로 다져진 순결한 고백의 언어이다. 이귀현 시인의 영혼이 거친 세파 속에서도 하나님을 향한 시선을 잃지 않고 '빛의 나라를 향해 걷는 순례자'가 되었음을 독자는 자연스레 느끼게 된다.

후반부는 한 인간이 암이라는 거대한 고통과 맞서 싸운 실제 경험을 바탕으로 한 영적 투병기이자 살아 움직이는 간증시이다. 여기에는 고통을 미화하지 않는 정직함이 있다. 수차례의 수술, 방사선 치료의 상세한 과정, 먹지 못하고 고통에 시달리는 날들, 다리가 붓고, 간지럽고, 어지러움이 이어지는 시간, "세 번째 재발"이라는 절망 앞에서의 침묵과 기도, 이 모든 기록은 단순한 '암 경험담'이 아니라, "여호와 라파, 여호와 닛시"를 붙들고 울부짖은 영혼의 진실한 고백이다. 특히 "암 병동 전쟁은 승리"에서 시인은 자신의 치료를 전쟁에 임한 군대, 주치의를 이순신 장군의 전

략, 약물과 의료진을 병정과 장수로 비유한다. 그 생생한 은유 속에서 우리는 하나님이 그의 삶에 어떤 방식으로 "승리의 깃발"을 들게 하셨는지를 목도한다. 마지막에 울리는 "땡그랑, 완치의 황금종 소리"는 읽는 이의 가슴 깊은 곳을 울리는 감동과 눈물의 순간이다.

전 후반을 하나로 엮는 중심 메시지는 '생명은 은혜'라는 것이다. 전반부의 시는 말씀 속에서 살아온 삶의 고백이라면, 후반부는 죽음의 그늘 속에서도 하나님을 붙드는 영혼의 기록이다. 이 두 부분은 서로를 비추고 확장 시키며, 한 문장으로 수렴된다. "여호와는 나의 깃발이시며, 나의 생명과 승리는 오직 그분께 있다." 이 귀한 고백은 삶이 순탄할 때도, 고난과 병상의 시간에도 동일하게 울린다.

이귀현 시인의 문학적·영적 가치를 보면, 첫째, 실존의 깊이다. 시인은 자신의 '고통, 죄, 연약함'을 가감 없이 드러낸다. 그 솔직함이 독자를 일깨운다. 둘째, 신학적 정직함이다. 그의 작품은 단순한 감정의 발로가 아니라, 성경적 언어와 신학적 고백이 결합된 '기도의 문학'이다. 셋째, 공동체적 울림이다. 수많은 선교사, 목회자, 친구들의 기도와 응원은 그의 시가 개인을 넘어 공동체의 위로와 신앙의 증언이 되었음을 보여준다. 넷째, 문학 이상의 위로다. 아픈 자, 외로운 자, 낙심한 자에게 이 시집은 "하나님이 당신을 기억하신다"는 소리를 들려주는 치유의 책이다.

이귀현 시인의 『보혈, 여호와 닛시』는 한 인간이 하나님 앞에서 쌓아 올린 영혼의 성전(聖殿)이다. 그의 글은 기도이며, 고백이며, 찬양이며, 동시에 수많은 고난을 꿰뚫고 올라온 생명의 승전가이다. 이 시집은 모든 신앙인에게 "삶의 고난도 은혜의 포장지이며, 끝내 하나님은 승리하게 하시는 분"이라는 진리를 다시 일깨워 줄 것이다. 나는 이귀현

시인의 이 시집을 모든 독자에게 깊이 추천한다. 이 시집을
읽는 일은 곧 하나님께서 한 영혼을 어떻게 붙드시고 인도
하시는지 생생하게 목격하는 경험이기 때문이다. 부디 많
은 이들이 이 시집을 통해 위로를 받고, 용기를 얻고, 다시
신앙의 길에서 "승리의 깃발"을 들기를 기도한다.

목차

2부 _ 생명약

3부 _ 소중한 그대

4부 _ 암과의 전쟁

5부 _ 암과의 전쟁은 승리!

부록 _

1부

승리의 깃발

「타버린 갈잎」 시·노래 동영상

타버린 갈잎

불에 타버린 갈잎, 재 하나같은 나
들어 올릴 수 없고 만질 수도 없는
미풍에도 날아 사라져 갈
힘없는 존재

주님이 미풍을 보내 날리시면 흩어져,
흔적 없이 사라져
찾을 수 없이 날아갈 재
주여 아직 날아가지 못한 재
여기 있사오니, 굽어살펴 주소서

만질 수도 없이
힘없이 타버린 갈잎 같은 재
주님 빛을 보내 채워 주소서
주님 빛을 반사하는 별이 되게 하소서

영원한 곳에서

하나님이 허락하신다면
주 안에서 내 영혼의 꿈은 이루어지이다
주님을 영원히 찬양하는 곳
영원한 예루살렘 밝은 곳에서
주님을 찬양하며 기쁨으로 영광을 드리는
찬양해 찬양해 내 영혼이 주님을 찬양하리라
내 영혼 구원하신 주님을 영원히 찬송하리라

주님 나를 기억하신다면
주 안에서 내 영혼 그 밝은 곳에 서리라
주님과 함께 평안이 넘치는 그곳에서
예루살렘 꽃들이 만발한 나라
주님 영광 가득한 나라에서 찬양을 부르며
찬양해 찬양해 내 영혼이 주님을 찬양하리라
영원한 천국 밝은 곳에서 주님을 찬송하리라
영원히 주님 앞에서 기쁨으로 찬양하리라

여호와 송축

하늘 은혜 바라는 자들이여 여호와를 송축하여라
그의 인자하심은 시작부터 마지막까지 이르며
자손의 자손에게 은혜를 베푸시나니
왕권으로 만유를 다스리시도다
내 생명을 파멸에서 속량하시고
병을 고치시며 새날처럼 새롭게 하시도다
영혼을 만족시키시는 주님은
우리가 먼지뿐임을 아시고
인생은 풀과 같으며 들의 꽃과 같음을 아시도다

우리 죄과를 멀리 옮기시고
아픔의 바람이 지나가던 자리도 알지 못하게
자기를 경외하는 자를 긍휼히 여기심이라
언약을 믿고 그의 법도를 행하는 자에게
베푸시는 은혜로다
파멸에서 속량을 받은 내 영혼아
여호와 그 은혜를 송축할지어다

무엇을 드려야 할까

영생을 주시고 사랑하신 주님
세상 곳곳에 하나님 사랑이 펼쳐있고 은혜가 넘처요
가장 귀한 것을 준비하시고 누리라 하시는 은혜
그 복을 받을 수 있는 준비는 어떻게 하여야 할까

생각하지 못한 큰 사랑을 준비하시고
우리 힘으로 해결할 수 없는 복의 길로 인도하시는데
하나님 아버지 그 은혜 앞에 무엇을 드려야 할까

밝은 나라로 인도하시려고 십자가에서 구원하시고
평안으로 품고 보호하시며 인도하시는
그 은혜를 믿음으로 주님 나라에 이를 때까지

하나님의 사랑과 공의와 말씀을 마음에 품고
생명의 예수 향기 풍기며 살아있는 영혼이 드리는
속죄제*와 소제*와 번제*로 감사제*를 드리면 받으실까

* 속죄제- 무지하여 범한 죄를 위하여 드리는 제사

* 소제 - 자원하여 드리는 감사 제사

* 번제 - 향기로운 냄새를 올려 드리는 제사 (순종)

* 감사제 - 하나님 은혜 감사드리며 드리는 제사

성전이여

너는 예수그리스도를 기뻐하며 즐거워하라

여호와는 네 구원이 빛같이

공의가 횃불같이 나타나도록 쉬지 아니하리라

뭇 왕이 네 영광을 볼 것이요

너는 하나님 손의 아름다운 왕관이라

헵시바라 뿔라라 부르시며 하나님이 기뻐하시며

너의 성벽 위에 파수꾼을 세우고 주야로 지키시리라

백성이 돌아올 길을 닦아라

만인(萬人)을 위하여 기치(旗幟)를 들어라

네게 상급이 있는 보응이 있으리니

구주께서 구속한 자라 너와 함께하신 자라

찾은 바 된 거룩한 백성이라

아름다운 성읍이라 하시리라

여호와가 세상에서 찬송 받으시기까지

성전이여 여호와께 경배하여라

전심으로 기뻐하고 즐거워하며

예수그리스도 영광을 노래하며 감사할지어다

* 이사야 62장 은혜 앞에서

승리의 깃발을 들고

르비딤에 진을 치고 모세는 기도의 단에서
아버지 앞에 손들어 도움을 구하여
적군을 물리치고 여호와 승리의 깃발을 받았어요

여호와 라파 은혜로 기도의 단에서
적의 세력은 꺾이고 여호와 닛시
나에게 주신 승리의 깃발을 받아 들고

불볕 아래를 지나고 천둥과 폭우 속을 지나
어두운 터널 인도하심을 따라 스쳐 나와
저 멀리 보이는 임의 성지를 바라보며
허락하신 이 길을 걷고 있어요

수많은 적군 진영을 지나 평강의 평지에 이르러
새로운 하늘 푯대를 바라보며
광명한 빛 가운데로 향하여 전진(前進)하며

거룩한 몸을 십자가에 내어주신
사랑의 주님이 계신 밝은 집으로
임이 예비하신 시온성 찬란한 예루살렘 향하여
오늘도 쉬지 않고 걸어가는 이 발걸음

천상의 아버지

"내가 거룩하니 너희도 거룩하라" 하시며
아들을 아끼지 아니하고 우리를 위하신 아버지
생명의 법으로 사망의 법에서 구하여
생명과 평안을 주시며 양자 된 아들이라 하시며
하나님 영으로 인도 하는 거룩하신 하나님 은혜

마땅히 기도할 바를 알지 못하나
성령이 탄식함으로 우리를 위하여 친히 간구하여
하나님 자녀들이 영광의 자유에 이르기를 원하고
현재의 고난이 장차 나타날 영광을 비교할 수 없는 은혜를
주 예수 그리스도가 하나님 우편에서
우리 회복을 위하여 친히 간구하시며
피조물도 썩어짐의 종에서 해방되기를 원하여
탄식하고 고통을 겪으며 속량을 기다리고 있나니

세상 무엇이 하나님 사랑에서 우리를 끊을 수 있으리오

사망이나 높음이나 깊음이 그리스도 예수 안에

하나님 사랑에서 끊을 수 없으리라

여호와 승리의 깃발을 우리에게 주시며

마음으로 믿어 의에 이르고 입으로 시인하여

구원에 이르러 부끄러움을 당하지 아니하리라

말씀하신 그 사랑을 무엇으로 감사드릴 수 있을까

* 나는 너희를 치료하는 하나님이라 (출 15: 26)

주님 말씀이

사랑하는 자야 내가 사랑하노라
나의 품으로 나아오라 어서 나아오라
내 마음이 기다리는 사랑하는 자야
상한 갈대를 꺽지 아니하며
꺼져가는 심지를 끄지 아니하고
심판하여 이길 때까지 함께 하리니
주의 길로 나와서 주님이 예비한
깃발을 높이 들어라

네가 가는 길마다 함께 할 것이며
네게 복을 주어 축복의 통로로 복을 흘려보내
많은 사람에게 복이 임하기를 바란다
종과 행으로 걸음이 닿는 곳마다
하나님의 복이 임하도록 사랑의 열심을
주 예수그리스도가 영광 받으시기까지
하나님 은택을 바라며 열심을 내어라
너에게 만 가지 복을 더할 것이라

주님 나라

하나님 택한 자녀에게

거룩한 주님 나라 자녀라 인치 시고

하늘에서 하나님 뜻이 이루심 같이 땅 위에서

이루시기를 원하시며 부르신 자녀에게

강건하게 살아라, 평안하여라 복을 주시며

하나님을 찬양하여라

많은 허물을 사하시는 은혜로

날마다 일용한 양식을 주시는 은혜

여호와를 찾는 모든 자에게 좋은 것 주시는 은혜

마음에서 예수그리스도 나라 사랑이 피어납니다

알파와 오메가

시작과 마지막을 주관하시며
세미하고 자비로우신 임이 계시어

스스로 초월하여 살아계신 그분은
하늘에서 하나님 영광을 나타내고

지존하시어 존재의 근원이 되어
님의 밝은 빛 앞에 서면 숨길 것이 없어

감춘 것이 드러나지 않은 게 없고
숨긴 것이 나타나지 않은 것이 없으니

웅장하고 위대한 우주를 운행하시며
모르는 것 없이 초월하여 아시는 그분

무한하신 능력으로 다스리는 임이시여

내가 주의 은혜로 기뻐하며 경배드리리다

영광중에 계신 임에게 찬양을 드리리이다

하나님 풍성한 은혜

사방으로 우겨 싸임을 당한 것 같으나
싸이지 아니하며 답답한 일을 당하여도
망하지 아니하고 징계받는 자 같으나
좁은 심정(心情)이 천국 마음 지경으로 넓어지리라

의의 직분은 영광이 넘쳐나니
소망을 품고 담대히 나아가라
보이는 것은 잠깐이요 낙심하지 아니하면
보이지 아니한 영원한 길로 인도하시리라

어떤 환난이라도 잠시 지나가나니
영원한 영광중에 역사하시는 예수의 생명이
우리를 통하여 나타내기를 원하시며
겉 사람은 늙어도 속 사람은 날로 새롭게 하시도다

항상 근심하는 자 같으나 기뻐하고

가난한 자 같으나 부요한 자요

아무것도 없는 자 같으나

모든 것을 다 허락받은 하나님 은혜를 감사하노라

아버지 나라에서 聖杯를

한 여인은 귀한 향유를 가지고 나와
예수님 머리 위에 부어 드리고
눈물과 머리카락으로 발을 닦으며 온 마음 드렸어요
주님은
"내 몸에 향유를 부은 것은 나를 위한 것이라"
말씀하시고
유월절을 열두 제자와 함께 준비하고 앉아
주님은 떡을 가지사
"축복하시고 제자들에게 떼어주시며 받아먹으라 이것은
내 몸이니라"
또 잔을 가지사 감사기도 하시고
"너희가 다 이것을 마시라 이것은 많은 사람의
죄 사함을 위하여 흘리는 나의 피 곧 언약의 피니라"
"포도나무에서 난 것을 내 아버지 나라에서
새것으로 너희와 함께 마시는 날까지 마시지 아니하리라"
말씀하시며 세상에서

제자들과 유월절 성배를 나누고 잔을 내려놓으셨어요

우리가 아버지 나라에 가서 주님과 함께

聖杯의 잔을 들고 예수그리스도 영광!

아버지 앞에서 성배의 잔을 높이 들고 영광을 올리리라

할렐루야! 부르면서

하나님 사랑 권세

전능자의 사랑과 축복은 우주에 가득하고

하나님은 은혜를 날마다 내려보내시며

은혜 구하는 자를 찾고 계시네

인자하심을 믿음으로 간구하는 은혜

성령의 도우시는 간절한 마음을 찾고 계시네

하나님이 보내시는 응답은 말씀 안에

권세와 능력으로 역사하는 살아있는 진리의 보물

진리의 권세를 믿음의 무기로 품고 나가면

세상의 무엇도 감당하지 못하리라

하나님 은혜를 갈망하는 심령을

불꽃 같은 눈으로 은혜 베풀 자를 오늘도 찾고 계시네

내 본향 가는 길

가는 길이 보이지 않아도 시간처럼 지나
앞서가신 임이 가신 저 길을 따라가리라
나를 바라보시며 성령으로 인도하시는
그 길을 향하여 걸어가는 길
가는 길에 광풍을 만나고 진펄에 넘어져도
가시밭을 만나고 돌 밭길을 지나거
몸이 지쳐 걸을 수 없어 쓰러져도
주님 흘리신 보혈을 기억하며 나는 가리라
본향 이르러 임의 품에 안길 때까지

자신을 찾는 그대

만물의 피곤함을 사람이 말로 다 할 수 없나니
눈은 보아도 족함이 없고 귀는 들어도 차지 아니하는
세상은 고행길 바람같이 지나가는 길인 것을
수많은 사람들 자신을 찾으며 지나간다네

전능자가 그대를 어떻게 사랑하고 있는지
자신이 누구인지 어떻게 살아야 하는지
무엇을 위하여 세상에 보냄을 받았는지
찾다가 못 찾고 운명이라 생각하며
시간이 흘러 지나간 사람 많았다네

구름 속에서 번개가 번쩍이게 하며
번개로 구름을 흩어지게 하고
우렛소리로 우박과 소나기를 보내며
우박에 섞인 불덩이가 땅에 내려 달리고
겹겹이 쌓인 구름에서 작은 비와 큰비를 내리라

명하시는 이를 당신은 찾아보았나요

밝은 날의 햇빛을 눈으로 볼 수 있나요
눈 창고를 보았나요 우박 창고를 보았나요
공중의 서리는 누가 낳았으며
이슬은 누가 낳았는지
당신은 알아보았나요

생각 속에 지혜는 누가 생각하게 하는지
북두성별들을 끌어내어 암 흙 같은
어둠 속에서 반짝이며 비추라 하는 그를
당신은 생각해 보았나요

나는 알았네

나는 알았네
내가 세상을 떠나서 머무는 곳을
육신도 떠나 돌아가는 기원(基源)을
임마누엘 구세주 예수 사랑 안에서 알았네
세상에서 살 동안 걸어야 할 길을
스스로 있는 자 말씀 안에서 찾았네

이 세상 창조된 모든 것이 그 임의 작품이라는 것
창조된 신비한 우주의 모든 것을 거저 주신
기쁨의 푸른 동산이라는 것을
그동안 에덴의 축복 속에 살면서도 몰랐네
어둠에 가려진 고통 속에서 그분 사랑을 생각 못 하였네

고통이 지난 후에 임마누엘 은혜를 알았네
고통은 복이 오는 포장이라는 것을
빗방울이 변하여 안개가 되게 하시며

우렛소리가 나면 놀라고 마음 떨리게 하는

그의 위엄 소리를 천둥으로 나타내시는 것을

주 예수그리스도를 마음에 영접하고

말씀을 믿음으로 받는 자에게는 이 세상에서도

천국 비밀을 깨달아 평안을 누리게 하시도다

생사화복을 주관하시는 전능자 속에 있는

거룩한 성령이 하시는 일을

겸손히 구하면 긍휼을 베푸시나니

성 삼위 은혜를 항상 바랄지어다

걸어야 하는 길을 찾은 내 영혼아

* 사람아! 주께서 선한 것이 무엇임을 네게 보이셨나니 여호와께서 네
  게 구하시는 것이 오직 공의를 행하며 인자를 사랑하며 겸손히 네 하
  나님과 함께 행하는 것이 아니냐 [미6:8]

성령 인도

태초에 천지를 창조하신 임이
나와 함께 하시니 세상은
나를 넘어뜨릴 수 없으리
성령님이 분초를 떠나지 않고
지켜 주시니 그 은혜로 안위하시리라

그 은혜가 충만하게 흐르네
끝없는 그 사랑이
생수의 강물 되어 넘쳐흐르네
성령이 이끌어 인도하시며
만왕의 왕 예수가 함께 하시네

이 순간이 마지막처럼
성령 기름 준비하고 기다리는
평안한 마음으로 오! 마라나타

여호와 샬롬 은혜로 함께 하셔서

두려움 없는 믿음으로

주님 품에 이르기까지 인도하소서,

* 너희가 하나님의 성전인 것과 하나님의 성령이 너희 안에 거하시는
  것을 알지 못하느뇨 (고전 3:16)

주 은혜

주님 은혜를 기다리고 기다렸더니

주는 나의 깊은 심령의 상처를 만지시고

몸의 아픈 상처도 평안하게 하시며

송아지처럼 일어나 뛰게 하십니다

임은 나의 소원을 아시고 눈물을 닦아주시며

주의 인자하신 말씀을 보내 슬픔이 변하여

기쁨으로 바꾸셨나이다

나의 영혼아! 여호와의 은택을 잊지 말지어다

* 내 영혼아 여호와를 송축하며 그 모든 은택을 잊지 말지어다 (시103:2)

일출

부엉이 노란 눈망울 같은 태양은
숫아올라 하얗게 비추면서
태어나서 사라질 때까지
어두운 밤 같은 세상을 밝게 바라보며
분별하여 실족하지 말고 살라 하네

무슨 일이 다가올지 모르지만
더 나아질 거야 시간마다 소망을 품고
세상이 속일지라도 꿈을 꾸며
내일을 향하여 꿈을 안고 항해 하라네

아침에 숫아오른 태양 빛으로
만상은 숨길 수 없이 드러나고
낮을 지나 서산을 넘으면
암흑 같은 밤은 힘 있게 달려와
어둠으로 만상을 덮어 분별할 수 없어
시간은 멈추지 않고 내일을 향하여 달려가네

순종의 꽃

세상 구습을 버리고 좁고 곧은 길
기름과 등을 준비할 법도와 질서 따라
말씀 순종하는 길을 걸으려 하니
처음 길이라 말씀을 몰라 어려웠지만
아버지 자비와 영광을 위해
감사와 인내와 양선의 품위가
향기처럼 풍길 수 있기를 바라는
나를 위한 아버지 사랑을 알았어요
하늘 교육은 존귀와 영광스러운
영원한 아버지 말씀 따라 뜻을 순종하여
생명을 구원한 사랑의 붉은 꽃
향기와 은혜가 풍기도록
말씀 순종의 꽃으로 피어나야 하리라

2부

생명약

구약 신약

새벽마다 시간마다 내려주신 아버지 말씀
심령이 강건해지고 몸이 치료되며
영원한 영생 길로 인도하는 신비한 약
주님 앞에 엎드리면 공급하여 주시는 약

한번 치료하면 재발하지 않는
영과 육을 치료하는
주님이 보내신 신묘한 비상 상비약
항상 넘치게 준비하여 보내주신 은혜
기도하고 찾아서 사용하며 감사해

러시아워 세상 길

시간은 멈추지 않아
끝없는 미래를 향하여 날아가고 있어
살아있는 눈들은 봄바람이 오면 깨어나
새순으로 아름답게 피어 춤을 추다가
소명을 마치는 날 꽃잎이 날아가듯이
시간 따라 화살처럼 날아가고 있어

새싹처럼 힘차게 솟아오를 때
초원처럼 새파랗게 푸르던 날
무성하게 반짝이며 춤을 추었지

시간이 흘러 마음은 반짝이고 푸른데
생각은 어스름하게 희미해지고
벗은 몸 빈손으로 왔다가
혼잡한 세상 길 지나
끝 날에 이름만 남겨 놓고 한 점 먼지 되어

날아갈 세상을 뒤엎을 듯 겁 없이 지나왔네

피부는 탄력을 잃어가고 걸음은 느려지고
검은 머리 흰 면류관이 되었네
눈꽃처럼 녹아 양분으로 돌아가야 할
깊은 잠을 자야 할 시간 가까이와
멀리 보이던 요단강 건널 날
멀지 않네

싸리 눈 내리듯

끝을 모르는 침묵 미동 없는 바람 속에
내리는 싸락눈을 하염없이 바라보며
아픈 몸, 기운이 탈진하여 힘이 없을 때
허전한 이 마음 구세주 위로가
영혼에 내려 새 소망을 주시네

당신 그 따뜻한 손길이 나를 만지고
바라보는 내 눈 속에 변함없는
신실한 사랑의 눈빛이
눈처럼 소리 없이 내려와
그 평안이 내 영혼에 새 힘을 주시네
싸리 눈 같은 하얀빛 은혜가 하염없이 내리네

새 생명을 받고

십자가 위에서 주님 생명으로
우리에게 새 생명 주시는 사랑은 시작이었고
아버지 저들을 용서하소서
십자가 위에서 숨을 거두시며 기도할 때
하늘은 어두워지며 성전 휘장이 찢어지고
온 우주의 질서가 흔들리며
하나님과 우리 사이 막힌 하늘 문 열렸네

부활하실 때 잠자던 성도들과 함께 일어나
날마다 시간마다 감사의 관을 쓰고 주를 향하여
나갈 수 있는 은혜를 주셨네

주의 나라 향하여 성령으로 이끄시는 주님
생명과 붉은 보혈로 우리를 구하셨으니
영광의 나라에서 완전하신 주의 사랑으로
생명의 면류관 받아 쓰고 주님 사랑 찬송하리라

경배

구원하신 예수 나의 생명 되신 주
나를 주께 드리니 허물을 보혈로 씻으시고
성령으로 인도하소서

온 우주의 주인 하나님 아버지
그 권세로 우주를 다스리시며
공의와 긍휼로 다스리시니
그 권능을 무엇으로 비교할 수 있으리오

십자가 보혈이 나를 살리셨으니
아벨의 제사를 받으시듯
나의 경배 향기롭게 받아 주소서

임의 빛

빛보다 밝고 거룩한 임의 사랑이 있기에
임에게 떨어져 꽃잎처럼 임의 빛 물들고 싶다

가슴에 새겨진 푸른 꿈같은 임을 향해
마음 열어 믿음이라 고백하면서

걸어가는 길 위에 진실의 발자국 남기며
차마 못다 한 용서를 구한다

돌아온 시간만큼 후회를 보듬어
핑계 같은 변명으로 임을 향하여 걸으며

따스한 봄바람 같은 충고에 고개를 끄덕이며
찬 바람에 멀어져간 마음을 당긴다

사월에 내리는 꽃비처럼 흘리신 보혈

시린 마음 눈물처럼 흘려보내고

주님 사랑으로 새로이 샘솟는 그리움 열어
꽃 진 자리마다 향기로운 사랑 열매 올리고 싶다

세파 속에서

러시아워 같은 세파 속
내 맘속에 한 줄기 빛
사랑하시는 주님 평안이 흐른다
혼자 갈 수 없는 거친 세파를 헤치며
만국을 다스리시는 주님이
나를 품고 세파 속을 서핑하신다
주님 나라까지 인도하시리니
할렐루야 찬양하며 기쁨으로 따라가리라

임의 품으로

임의 그림자 밟으며
걸어가는 이 걸음
님 그리워 바라보며
임 계신 새 예루살렘 향하여
순간을 놓지 않고 나는 걷는다

밀랍을 태우며 타는 불꽃처럼
믿음으로 타오르는 불꽃이 되어
마지막 밀랍까지 끌어 올려 불 밝히다가
흰 재가 되어 한 점 먼지로
흔적 없이 사라져 돌아가리라
나의 임의 품으로

보헤미안

세상 바람에 잡혀 있던 마음
분열과 욕심 요동 속으로
끌려다니는 방랑자였다

세풍 따라 방황하던 마음
생명의 십자가 붉은 보혈에 씻고
감사의 은혜로 생명물 마시며
푸른 숲과 초원을 달리던 시간들

임의 사랑으로 깨닫는 지혜
햇살보다 밝은 빛 생각에 임하여
근심 불안 허전함은 벗어지고
흔들리던 마음 사라져 평안하다

지금은 세상 어둠 속에 가려져 있지만
머지않아 임 계시는 새 예루살렘 성으로

영원한 황금성, 하늘 향하여 날아올라 갈

살아있는 보헤미안 자유로운 내 영혼

십자가

걸어가는 이 길이 캄캄하여
마음에 평안이 없을 때
사랑의 예수님 십자가 바라봅니다

귀한 생명 나를 위하여
내어주신 뜨거운 그 사랑이
빛처럼 마음에 밀려 들어와
새 힘을 주시며 희망을 주시네

영원한 아버지 사랑으로
붙들어 주시며 지켜 주시네
앞길 비추며 인도 하시네

부활 승리하신 예수님
그 권능으로 영원한 아버지
거룩한 영광의 집에 이르기까지
가는 걸음 인도하소서

새벽길 2

모루 구름 속에서 피어난 하얀 얼음 꽃송이
순백의 꽃이 되어 나비처럼 하늘하늘 내려온다

하얀 구름 솜 같은 함박눈 꽃이 덮인 대지
흔적만 남겨 놓고 사라진 눈 꽃송이
나목의 수혈 관에 생명수 되어 오른다

나의 임을 향하여 걸어가는 이 길
꽃향기처럼 풍기는 생명의 예수 향기
그분 향기 풍겨내며 지나가리라

하얀 마음 꽃들이 드리는 새벽예배 향하여
눈부신 꽃송이 쌓인 숫눈 위를
뽀드득뽀드득 밟으며 나비처럼 날아간다

나에게 다시 봄이 온다면

한 걸음걸음 또 한걸음
앞만 보고 걸어왔어요
파도가 밀려와 모래톱을 쓸고 가듯
흔적은 사라졌어도 지나온 자국마다
바라보았던 기억은 남아 있습니다
한 발짝씩 걸어온
지나온 자국만큼 사연이 쌓여
자국마다 나에게 교훈으로 남아있어요

가을에 떠났던 자리에 봄이 오면
눈(雪) 속에서 망각했던 새순들이
봄비로 눈을 뜨고 초록이 무성하여
새파란 생명이 푸르게 온 들을 덮듯
만왕의 왕 주 은혜 사랑의 향기가
만개한 들꽃처럼 나에게도 피어나기를 원합니다

축복의 통로 용서

세상을 지나노라면 생각이 각각 일치할 수 없어
용서하지 않으면 화가 쌓여 분노를 다스리기 어려워
불편한 마음에 여한을 삭혀야 할 때도
속에서 화가 쌓이고 분노가 일어선다
분노에 지면 그때부터 분노의 노예가 되나니
분노를 내려놓고 용서의 주를 바라보아라

용서하는 일은 옳고 그름이
나와 일치하지 않아도 주님께 맡기고 잊어버리는 일
"하나님이 그리스도 예수 안에서 너희를 용서하심 같이
하라"
그 위에 사랑을 더하면
평안의 기쁨이 그대를 평안하게 하리라
예수님이 우리 죄를 위해 받은 십자가를 생각하며
믿음으로 바라고 인내하며 아픔을 견디어내며
올가미 진 사슬을 끊어 축복의 통로로 가는 길

* 욥이 그의 친구들을 위하여 기도할 때 여호와께서 욥의 곤경을 돌이
키시고 여호와께서 욥에게 이전 모든 소유보다 갑절이나 주신지라
(욥 42:10)

바람

바람은 공기 속을 헤치며 지나가는 고기압과 저기압

어디서 와서 어디로 가는지 모르고 기압을 따라

이리 나부끼고 저리 나부끼며 스쳐 가는

멈추어야 할 자리 모르고 멈추어야 할 곳 없으며

바람을 붙잡을 자 누구인가 높은 곳에서 낮은 곳으로

낮은 곳에서 높은 곳으로 올릴 자, 누구인가

바람 날개를 타고 밝은 곳이나 어두운 곳이라도

산들거리는 바람 토네이더를 품고 달리는 바람

씨앗을 품고 코리올리 자전의 힘으로 집을 옮기며 꽃을
피운다

낮에는 해풍 밤에는 육풍으로 지구를 돌며

머물지 못하고 한없이 돌고 돌아가는

세상을 스쳐 다니는 바람이야

하얀 임

까만 밤 하얀 임을 만나러 간다
기도드리고 예배드리기 즐거워하는 사람
솜 방석 하나 들고 하얀빛이 내리비추는
아무도 볼 수 없는 골방으로
부엉이 눈 시력을 소환하여
어둠을 뚫고 영안을 열고 간다
조용하게 소리 없이 지혜로 깨닫게 하며
항상 도우시는 임을 만나러 가는 길
찬바람 스쳐 뺨은 붉어지고
넘어지지 않을 코끼리 발바닥으로
낙타의 무릎을 가지고
애절한 양의 목소리로 임과 입 맞츠며
사모하는 마음으로 단비가 내려오듯
하늘 사랑 가득한 임의 은혜 주시기를 바라며
눈꽃 쌓인 푹신한 솜털 같은
눈 위를 한발 한발 걸어서
까만 밤 하얀 임을 만나러 간다

봄 선물

충청도 삼태산에서 하나님이 기르신
봄 선물, 사랑의 마음으로 수백 번
아름다운 손동작으로 채취한 새순 잎
잠실 장로님 부부를 통하여 보내셨어요

봄 향기 가득 쌉싸름한 맛을 품은
눈개승마 오가피 산 뽕나무 순
삼 형제가 방글방글 웃으며
사랑의 맛을 품고 주님 선물 되어 왔어요

하나님이 기르신 새순 맛과 향
사랑으로 채취하여 보낸 마음의 향기
온몸과 마음을 감싸안고 풍겨요
주님 보내신 봄의 향기가 입안에 가득 퍼져요

호명

관악산 봉우리에 태양은 여전히 빛나고
변함없이 하루하루를 비추며 지나가누나

세상은 연년이 돌아오고 돌아가며
오늘 새롭게 소명 받아 생겨 나오고
어제 있던 생명 오늘 호명 받아
가야 할 고향 향하여 날아가누나

허락하신 자리에서 겸비하고 있다가
예루살렘 예수그리스도 영원한 집에서
내 이름 호명하여 부르시는 그날에
기쁨으로 입 맞추고 날아가야 하리라

고난 길에서

괴로운 마음과 아픔이 견디기 어려운가요

까만 밤을 새우며 마음이 무너져 내리고 있나요

아무것도 생각할 수 없나요

기도할 수 있는 말도 생각나지 않나요

주님 나를 불쌍히 여기시고 구원하소서

마음을 주님께 드려보세요

주님을 느끼지 못할지라도

주님은 그 아픔 알고 아파하고

상처의 깊은 눈물도 보고 계셔요

세상으로 인하여 웅덩이에 빠져있어도

주님이 손잡고 올려 주실 시간 기다리세요

주님을 부르는 소리 듣고 계시며

주님 손으로 붙들고 넘어지지 않기를

하나님 권능이 감싸고 계셔요

하나님은 당신을 위하여 일하고 계셔요

하나님이 일을 해결할 때까지
조금만 더 참고 기다리세요
주님은 천지에 있는 그 어떤 무엇보다
당신을 가장 사랑하고 계셔요
주님 앞에 내려놓고 기다리는 마음이
어떤 복을 준비하셨는지 기다리고 있노라면
고통이 지난 후 한층 높은 곳에 세우실 시간
순간 다가와 추억과 간증으로 변할 때까지
인내하며 주님 은혜로 도와주심을 바라며 하나님과
성령님의 도우심과 인도하심을 기다려보세요

여명

하현달 미리내 건너고 샛별도 떠나간

사경이 새벽 문을 열어 하루를 맞이할 시간

별빛 마시며 밤을 지난 생명에 여명이 밝아온다

어둠은 물러가고 하루 행복을 위해 새벽에 내린

이슬을 마시며 살아있는 생물들이 기지개로 몸을 세운다

잠자는 영혼이여 밝아오는

여명의 시간 어둠에서 일어나

새롭게 밝아오는 새벽 맞이하여

하늘에서 보내온 영롱한 생명의 빛

생명을 살리는 이슬 같은 생수를 마셔야 살리

하늘에서 내려온 빛 생명수 영혼에 채워

승리의 기치를 들고 찬양하리 찬양을 드리리

태양아! 높이 올라 새 빛을 공급하여라

만생(萬生)이 활기차게 기치(旗幟)를 들어

오늘 소명 다할 때까지 밝게 비춰라

유리벽 죽음과 새들의 눈물

— Birds' Tears Glass wall death

가장 높은 곳까지 날아오르는 공중의 제왕이에요

살을 에는 추위 칼바람 불어도

맨발로 외출하고 사랑하는 임도 만나러 가고

사랑스러운 내 임도 맨발로 나에게 와요

눈이나 얼음 위를 걸어 다녀도 맨발로 다녀요

사시사철 맨발로 다녀도 부끄럽거나 두려움 없어요

높은 곳에 앉아서 만 생들이 사는 것을 보며

내 눈 카메라에 찍힌 것은 어디에 있든지

무엇도 내 발을 벗어나지 못하죠

맨발로 가족을 부양하는 강한 무기는

살아있는 어떤 독도 내 발을 제압할 수 없어요

내가 두려워하는 것은 독극물 먹은 죽음과

높은 빌딩 가림막 글래스 벽은 보이지 않아서

그 벽에 부딪히면 육체가 부서지고 심장이 터져

절박한 투신처럼 그대로 숨을 쉴 수 없어요

남은 어린 새끼들은 어떻게 살아야 할까요
어쩔 수 없이 생명을 주관하신 만왕의 왕께
궁휼을 베풀어 주시기를 바라고 떠나가야죠
인연이 된 남은 반쪽에게 새끼들은 맡기고

3부

소중한 그대

주 영이 임하면

주의 영이 오시면 마음과 생각이 살아나
입의 말과 행위가 변하고 생명이 어둠에서 눈을 뜬다
나와 세상은 간곳없고 주님 영광과 사랑만 풍겨
주님 나라를 세우며 확장하는 용사로 일어서야 하리

하나님이 기뻐하시며 함께 하시는 소명
하늘의 용사 되고 군사 되어
주님 나라 세우며 완전한
하나님의 권세가 함께 역사하며 인도하시리라

주님의 온유하고 자비하신 마음으로
주님 향기 풍겨내면서
주가 원하시는 뜻을 따라
주의 나라 세우며 행군해 나가는 군사 되어야 하리라

눈을 뜨고 깨어나서

이 세상 지나는 길에서 만난 모든 인연들
스쳐 가는 길에 나에게 기쁨이고 행복이었고
스쳐간 인연들 사랑스러운 인연이었는데
그때는 모르고 이제 돌아보며 생각하니
사랑할 수 있는 가장 소중한 시간이었어

허락하신 소유한 것들을 소중한지 모르고
당연하게 생각했는데 지나고 보니
분에 넘치는 축복이었고 행복이었어
사랑을 주기보다 받고 싶은 마음으로 살아왔던
철없던 어린 마음이 짓눌러 무겁습니다
사랑받고 누리는 것이 당연한 줄 알았는데
스치는 순간이 사랑해 주어야 할 인연의 순간이었던 것을

피었다 사라지는 구름처럼
스쳐 사라져 가는 인연이었던 것을

나를 감싸고 있는 몸도 가족도 이웃도
살아있는 자연의 풀잎 하나도
내가 사는 동안 스쳐 간 세상 인연들을
사랑하지 못한 아픈 시간 지나갔고
허락된 남은 시간 후회 없이 사랑하며 지나가렵니다

오늘 하루

동터오는 아침 여명이 밝아온다
오늘 하루도 밝은 빛같이 살게 하소서
성령이여 나와 함께 하시는 주님
성령이 다스려 주셔서 거룩하게 살게 하소서
말씀이 가라 하면 가고 말씀이 멈추라 하시면 멈추며
오늘 하루도 신실하게 살게 하소서
함께 하시며 인도하시는 은혜로
감사하며 살게 하소서 주 성령이시여

영원한 행복

동행은 행복이 함께 하는 축복의 시간
멀리 떨어져 있어도 마음이 하나 되면 힘이 되나니
세상에서 가장 슬픈 일은 영원한 이별
영원한 슬픔은 구원의 반열에 서지 못한 인연

우리 함께 가요 행복한 기쁨을 향하여
살아있을 때 연합하여 힘이 돼요
가장 슬픈 일은 누구나 피할 수 없어도
영원한 기쁨을 향하여 나갈 수는 있어요

영원한 목마름 해갈할 수 있는 길은
살아계신 주를 바라보며 영원한 기쁨을 주시는
왕 중의 왕을 향하여 우리 나가요
사랑의 주님은 우리를 기다리세요

기쁨의 집으로

희아야 에덴에서 기다리는
기쁨의 집으로 가자 천사들이
즐겁게 기다리는 천상을 향해
아름답게 준비된 영원한 주님 앞에서
나비처럼 사뿐하게 춤추며
기뻐하며 즐겁게 찬양하며
에덴에서 할렐루야 부르자

희아야 기쁨이 기다리는 곳
에덴의 집으로 가자 주님 주신
거룩한 성의를 입고 예비하신
기쁨의 동산에서 아름다운 몸짓으로
춤을 추며 청아한 목소리로
찬양을 드리며 밝고 빛나는
기쁨의 집에서 찬양 부르자

행복한 사람

그대는 행복과 축복 속에 태어난 사람
준비된 은혜 안에서 보냄을 받은 사람
누리는 것을 허락받은 그대는 행복한 사람
우리는 꿈을 꾸며 사랑할 수 있는 사람
서로 행복한 웃음을 나누며 함께 하는 사람
가는 길이 가시밭 돌밭 길이라도 우리는
감사하다고 말할 수 있는 살아있는 사람
그대는 가장 귀한 존재로 세상에 보냄을 받은
보내신 모습 그대로 신실하게 살다가 부르시는 날에
예비하신 나라에서 기쁨으로 살아갈 행복한 사람

빛과 어두움

세상 지나가는 길은 두 길이 있어요
세상을 지나는 동안 한길을 걸어가야 하는
그 길은 누구도 피할 수 없어요

아름다운 평안과 밝은 빛을 향하여 가는 사람
어둠을 따라 밀려가는 사람이 있어요

빛을 따라가는 사람은 기뻐하며
아름답고 밝고 좁은 길 주님 말씀 따라가지만
넓고 편한 길을 가기 좋아하는 사람은
옳고 그름 없이 순간 기분 따라 살아요

세상 소식은 세월이 흐를수록
서로가 아프게 하는 슬픈 소식 들려오고
이웃이 이웃을 자식이 부모를 아프게 하는
넓은 길은 아파서 듣는 사람도 슬퍼요

밝은 빛의 기쁜 말씀의 길은 시간이 흐를수록

왕의 왕 주 말씀을 믿고 기도하며 순종하는

삶 속에 하늘 평강의 빛이 강같이 흘러 들어요

* 형제가 형제를 아비가 자식을 죽는 데에 내어주며 자식들이 부모를
  대적하여 죽게 하리라(막 13:12).

영광 받으소서

이 나라 사랑하신 살아계신 전능 왕
이 민족을 통하여 세상 생명 위에
예수 복음을 보내시고 구원하신 주님 은혜
그 사랑을 무엇으로 감사하오리오

은혜의 주, 사랑의 주, 구원의 주
푸른 구슬 안에 살려주신 영혼들이
찬양합니다. 찬양합니다. 주 예수그리스도
나의 구세주 영혼을 구원하신 아버지

끝없는 은혜 주님만 베푸시는 은혜를 바라보며
주님 나라 새 예루살렘 향하여
빛의 성에서 우리 함께 예수님 앞에
영광영광 드릴 때 주님 영광 받으소서

다시 오실 주님

주님 다시 오신다 약속하신 말씀

오시는 그때 늦어지지 않도록 등과 기름 준비하여

기쁨으로 할렐루야 부르며 맞이할 그날에

주님 다시 오실 그날 주님 다시 오실 그때

어린양 피에 옷을 씻어 거룩한 성령의 옷을 입은 성도들

그 눈에서 눈물을 닦고 기쁜 날을 보게 하시리라

하나님이 우리와 함께 계서 광명한 빛을 비추시리라

다시 오신 주님 뵈올 때 기쁨이 넘치리라

어린양의 생명책에 기록된 이름만 들어가는

십자가에 사랑을 노래하는 그날 그 자리에서

* 주 하나님 곧 전능하신 이와 및 어린양이 그 성전이심이라(계21:22).

하나님께 영광을

하나님은 약속과 명령을 주시고 복을 주시며 평안을 주
신다

그 약속은 바다 건너고 하늘 멀리에 있는 것 아니요

바다 밖에 있는 것 아니요, 하늘에 있는 것도 아니라

가장 가까운 내 입과 마음속에 있나니 약속 안에서

우리가 사랑의 하나님 향하여 감사하며 기뻐하며 찬양
을 드리며

혼잡한 세상에서 손에 손잡고 사랑의 고리되어 서로 세
우며

우리 함께 영광의 아버지 집을 향해 가자

사랑하며 살다가 아버지 집으로 가면 기뻐하시리니

우리에게 약속하신 새 예루살렘 성에서 영원한 거처를
주시리라

아버지 집에 가서 우리 함께 하나님 앞에 영광의 찬양을
드리자

* 여호와를 사랑하고 그 말씀을 청종하며 그를 의지하라 그는 네 생명
이요 네 장수이시니 여호와께서 네 조상 아브라함과 이삭과 야곱에
게 주리라고 맹세하신 땅에 네가 거주하리라(신 30:20).

구원의 은혜

하나님은 노아를 통하여 방주를 준비하시고
물속에서 구하여 주시며 아름다운 무지개로 영원한
약속을 나타내 주셨어요

하나님 날이 임할 그 날에
하늘이 불에 타서 사라질 그때 불 속에서 구하시려고
영원한 약속으로 예수 십자가 사랑을 준비해 주셨어요
십자가 예수 사랑의 십자가를

예수님이 준비하신 생명의 십자가 마음에 품고
주님 계신 영광의 나라에서 예수그리스도
은혜를 찬양하며 영광을 드리세 할렐루야 부르며
하나님이 주신 선물 사랑의 십자가 믿음으로
새 하늘 예루살렘 성에서 구원하여 주시는 은혜를 보리라

* 그날에 하늘이 불에 타서 풀어지고 물질이 뜨거운 불에 녹아지려니와 우리는 그의 약속대로 의가 있는 곳인 새 하늘과 새 땅을 바라보도다(벧후 3:12~13).

주의 십자가

나를 살리신 주님 사랑의 십자가
내 영혼 구원하여 주신 은혜 품에 안기어
평안을 누리며 기뻐하게 하소서
사랑합니다. 나의 예수님
영혼을 살리신 나의 예수님
영원토록 주님을 사랑하여
빛난 면류관 받아 쓸 때까지
주의 십자가 붙들게 하소서

예수그리스도 안에서

우리를 구원하신 주님 품에서

우리 영혼 영원토록 거하리로다

내 평생을 인도하여 주신 주님

내 영혼 주님 나라 향하여

날아가는 그곳에서 주님을 찬양하며

기뻐하게 하소서 영원토록 영원토록

밝고 밝은 주님 나라에서

주님 앞에 영원토록 찬양하게 하소서

하나님 은혜

사랑의 하나님은 말씀을 보내 인도하신다
말씀으로 세상도 지으시고 살리시고
하나님 공의를 알려 주시며
말씀 속에 하나님을 나타내주시고
말씀 안에 하나님 권능이 역사하면서
하나님의 형상대로 모양대로 지으신 우리를
그 말씀 따라 살라고 말씀으로 생사화복을
누리며 살아가는 길을 주셨다

세상을 지나온 길에서 세상 바람을 스치며
사막의 길을 지나고 늪이 있는 웅덩이를 지나서
돌밭 위를 걸으며 가시밭을 헤치며 사망의 길을
날아서 존재할 수 있었던 것은 하나님 말씀을 품고
인도하심을 받으며 살아온 은혜로 팔십 언덕에 서 있다
하나님이 허락하신 길을 마치고
아버지가 계신 영원한 내 집으로 돌아가리라

하나님 선물

하나님 선물은 크고 셀 수 없이 많아서
지나온 자국마다 자국이 남았는데
내 영혼 너무나 가벼워 주님께 날아가서
무엇으로 하나님께 감사 영광을 드릴 수 있을까

말씀 속에 은혜를 파고 파고 살아온 길
내 영혼 주님 품으로 평안이 날아갈 수 있겠구나
하나님 말씀은 길이요 진리요 생명이요 사랑이니
사랑과 생명의 길을 향하여 예비하여 주신 길을 따라
고통과 아픔 눈물 없는 주님이 예비하여 주신
사랑의 영원한 내 집 평안한 곳으로 따라가리라

하나님의 역전(逆轉)

살아계신 하나님 은혜 안에 있으니

역전 시키시는 하나님 은혜를 감사하노라

귀에 들리는 대로 응답하시는 하나님

우리 입이 하나님으로부터 복이 내리는

말을 할 수 있으면 금상첨화요

우리 입이 하는 말에 복을 주시려고

하나님은 기다리고 계신다

하나님은 우리가 복을 받고 즐거워하며

기뻐하며 행복하게 사랑하며 살기를 원하신다

사랑하는 자들이 서로 사랑하고 존귀하게 여기며

땅 위에 있는 짧은 시간 평안하고 강건하기를 원하신다

세상이 주는 슬픔, 고통을

하나님 은혜를 구하여 역전되어 기쁨 되기를 원하신다

예수님이 준비하여 준 십자가 구원의 길을 따라

주님 나라 평강의 길을 향하여 걸어가는 성도를 기뻐하신다

주님 만날 그날에

천국에서 만나자 주님 앞에서

어둠과 슬픔이 없는 밝고 평화로운 곳에서

즐겁게 찬양하며 흰나비처럼 날아서

우리의 즐거운 만남 아름다운 저 예루살렘에서

우리 함께 주님 집에서 만나자

우리의 즐거운 모임 함께 기뻐ᄒ-며

주님 향기 진동한 그 날 그 집에서 찬양 드리자

임 사랑 안에서

사랑 속에는 행복도 있고 기쁨도 있어
때로는 기다림으로 목마르기도 하며
쓰라린 아픔을 느끼기도 하면서
외롭고 쓸쓸함에 두렵기도 하지만
임이 위로해 주고 붙들어 주시니
순간순간을 지날 수 있어요

오늘도 새로운 복을 허락한
인연으로 행복할 수 있었던 날
사랑하지 못하고 아픔을 주고 지나온 날들
그의 영혼이 기억하지 못하도록
주님 사랑으로 그 영혼을 품어 주소서
임 계신 곳에서 기쁨과 감사의
평안을 누리는 은혜로 품어주소서

우리의 허물을 보혈로 씻어주시고

예비하신 은혜 안에서 즐거운

찬송드릴 수 있는 곳에 세워 주소서

만물을 창조하신 임

그에게서 창조된 하늘과 땅에서
보이는 것들과 보이지 않는 것들까지
만물이 다 그로 말미암고
그를 위하여 창조되었고
만물이 그 안에 함께 섰으니
죽은 자들 가운데서 으뜸이 되신 그가
십자가의 피로 화평을 이루사
그 안에 지혜와 지식의 모든 보화가
감추어져 그리스도를 믿는 믿음으로
화목하게 되기를 기뻐하시느니라
믿음에 굳게 서서 감사를 넘치게 하라
우리 안에 거하시는 그리스도가
영광 받으실 수 있기까지
믿음과 인내로 승리하기를 소망 하노라

천국 복 Mission

천국 복을 받을 수 있는 마음은
긍휼히 여기는 마음이요
청결한 마음이요
주님을 경외하는 마음이 있는 곳에
주님 영이 오셔서 하나님을 만날 수 있다오

주님 영이 임하여 세상 환난이
나를 흔들고 남모르는 고통으로
밤이면 베갯잇을 적시며
외로워 울지라도 흐르는 눈물을
주님이 받아주시고 함께 동행하며
위로하고 계시는 것을 잊지마세요

잠시 지나가는 세상
천국은 보이지 않아도
다 허락받고 사용하지 못하고

있다는 것을 기억하면서

주님은 모든 것을 주시고 허락하셨으니
구하고 찾아서 기쁨과 즐거움으로 사용하세요
구하고 인내하고 기다리면 적절한 때에
넘치도록 나타내주실 거예요

죽은 자도 살리시는 주님 권능으로
아낌없이 주실 거예요
청결한 마음으로 긍휼히 여기는 마음으로
주 예수그리스도를 경외하며
당신을 스쳐 지나는 모든 것을
하나님 가르치심을 받아 서로 사랑하며

하나님을 만난 사람 주님 사랑으로
천국 복을 받은 열매 맺는 mission이라오

4부

암과의 전쟁

어둠 속에서 생명(生命)을 향하여

1.

하나님!

나의 영원한 아버지가 되어 주신

여호와 아버지의 성산에 올라 부르나이다

간구하는 소리에 귀를 기울이시며

부르짖는 소리 들리시나요

나의 든 손을 저녁 소제 같이 받아 주소서

병이 나를 괴롭혀도 머리에 기름같이 여기며

병중에도 여호와 계신 곳을 향하여

부르짖는 이 소리 들어 주소서

내 눈이 주를 바라보며 주께 피하오니

내 몸이 빈약한 대로 버려두지 마시며

아버지께 피하오니 음부의 올무에서 건지사

성산에 올라 찬양하게 하소서

2.

주의 아름다운 영광이 하늘과 온 땅에 펼쳐있고
말씀으로 만드신 신비한 것들을 보오며
여호와의 세밀하심이 온 우주에 어찌 그리 아름다운지요
부르시는 중에 주의 얼굴 뵈오리니
세상 지나는 동안 나의 영혼을 긍휼히 여겨주소서
창수(猖水)가 두렵게 하며 스올의 줄이 두르고
천만인이 나를 둘러있어도 주님을 바라보오니
이 세상에서 내가 떠나 없어지기 전에
나의 몸을 주님 은혜로 감싸 안아 주소서
주를 경외하는 나에게 승리의 깃발을 주소서
주님 이름과 뜻과 나라를 위하여 들게 하소서
내가 늙어 백발이 되어도 버리지 마시고
주의 사랑을 장래에 전할 수 있도록 인도하소서
사람이 먼지로 사라져가는 것을 알아

겸손하게 하시며 주의 교훈으로 인도하시어

땅에서도 주님만 사모하며 바라보게 하시오니

우리의 연수는 수고와 슬픔뿐이요 신속히 날아가도

여호와의 선하시고 인자하심이 영원하심을

나는 전파하리다

* 주는 나를 용서하사 내가 떠나 없어지기 전에 나의 건강을 회복시키
소서(시39:13).

3.

주님, 내 허물을 주머니에 봉하시고 내 죄악을 싸매시어

보혈로 나를 깨끗하고 맑게 씻어주소서

살과 뼛속이 아프니 내 영혼이 주의 은택을 바라나이다

주님을 향하여 눈물 가득한 울음으로 얼굴이 붉었나이다

사람이 어찌 뼛속 저림의 지혜를 아오리까

내 가는 길을 임이 아시나니 단련하신 후에는

내가 정금과 같이 되어 나아오리다

주를 경외함이 지혜요 악을 떠남이 명철이라

임의 빛을 힘입어 어둠에서도 걸어 다니게 하시나이다

밤이 되면 내 뼈가 쑤시고 아픔이 쉬지 아니하여

어두운 밤을 하얗게 지나나이다

하나님 은혜 안에 있으니 모든 전쟁을

역전 시키시는 하나님 은혜를 감사하노라

전능자의 기운으로 나를 이 어둠에서 일어서게 하시리이다

* 너는 어서 속히 내게로 오라(딤후4:9).

4.

주님이 주신 거룩한 옷을 입고 새벽이슬같이

여호와의 언약을 지키며 진심으로

그의 은혜를 구하는 자는 복이 있는 자라

인생이 풀과 같으며 영화가 들의 꽃과 같고

먼지뿐임을 기억하고 전심으로 주를 찾으며

주의 진리를 마음에 두는 자는 복이 있나이다

주의 말씀을 내가 온종일 작은 소리로 읊조리며

주의 말씀대로 은혜를 베푸사 살게 하시리니

여호와는 나의 사랑, 나의 요새, 나의 산성, 방패 이시나이다

내가 주님 품으로 피하 옴은

주의 영광이 하늘과 땅에 충만하기에

내 영혼이 여호와를 찬양하며

주님 품 그늘 아래로 피하나이다

병상에서 붙드시고 은혜를 베푸시며

나의 죄를 흰 눈같이 씻으신 주 예수를 찬송하리라

주의 말씀대로 은혜를 베푸사

어둠에서 건지시고 빛의 나라에 들어가도록

구원하시리니 나를 살펴보시고 살게 하신

주님 은혜를 내 영혼이 찬양하나이다

* 내가 그의 길을 보았은 즉 그를 고쳐 줄 것이라 그를 인도하여 그와 그를 슬퍼
  하는 자에게 위로를 다시 얻게 하리라(사 57;18), (출 17:8~16, 민 33:15~40).

방사선 치료

날마다 나는 방사선 치료를 한다.
Tomo Therapy 기계 속에서 10분간
기계가 내 몸을 자극하지도 않고
나는 가만히 누어있다.
기계 소리에 방사선 전파가 나와
내 온몸을 뱅뱅 도는 것 같다.
날마다 치료하는 동안 매스껍고 어지럽다

아무것도 먹고 싶은 것이 없다.
넘기기는 어려워도 먹으면 토하지는 않는다.
20회가 지나면서 조금씩 통증이 사라져
28회를 마치고 몸의 통증이 거의 사라져간다
몸무게는 4키로가 줄었다
할렐루야 내 영혼아 주님을 찬양하여라

여호와 라파

수술과 치료를 거듭하여 완치되는 줄 알았는데
이십 개월 만에 다시 찾아와 잠을 자기도 어렵고
보행하기도 어렵다 건강했을 때는 30분 거리를 3시간을
보행한다 몸은 내 몸이로되 내 마음과 다르다
언제까지 이런 고통과 함께하여야 하는가

여호와 라파 치료의 하나님
여호와 낫시 깃발을 주시며
나를 사랑하시는 하나님
나에게 보내신 사랑을 누리며
날마다 주님을 찬양합니다
찬양합니다 나의 하나님
구원하여 주신 나의 예수님
여호와 라파 여호와 닛시
나의 예수님 생명의 주님
여호와의 궁정을 사모하며

내 마음과 육체가 살아계시는

하나님을 부르나이다

영혼의 짐

나에게 보내신 별들을 사랑하지 못한
마음의 짐이 무겁습니다 주님
사랑의 주님 긍휼을 원합니다

영과 육을 온전케 하여주실 은혜 감사하며
주님이여 여호와 삼마를 향하여
부르짖는 나의 소리 들리시나요
고통 중에 겸손하게 엎드리게 하심은
장차 비교할 수 없는 영원한 길로
인도하려 하심을 믿나이다
멸망의 구덩이에서 건지시고
나의 죄악을 십자가 아래 숨겨주시며
이 땅 위에 삶 속에서 인도 하여주신 주님

오늘까지 긍휼로 인도하여 주심 같이
나의 영혼 영원까지 인도하여 주소서

긍휼이 풍성하신 주님 은혜로 주님 사랑으로

* 수고하고 무거운 짐 진 자들아, 다 내게로 오라 내가 너희를 쉬게 하
  리라(마11:28).

참회의 눈물

나에게 부모님은 철두철미하게 살아야한다
약해도 안 되고 실수해도 안 된다
나는 실수하지 않으려고 약하지 않으려고
교만했고 독선적이었고 자비와 사랑은 몰랐다
모든 것을 대할 때는 의무적으로 대했고
남편도 자식도 부모님도 형제들도 이웃도
세상 모든 일을 사랑으로 대하지 못하고
메마른 갈잎처럼 서걱이며 아픔을 주고
내 옆을 스치는 모든 것을 얼마나 아프게 했는지

무지하여 허물 속에 살아온 지난날
걸음마다 자국마다 다 죄뿐입니다
걸어온 길 뒤를 돌아보오니
가시가 되어 아픈 상처만 주었네
자국마다 돌아보며 미어지는 아픈 마음
그런 나를 주님은 잠잠히 기다려 주셨네

나의 못된 행실 눈물로 참회할 때까지
독선과 교만을 버리고 사랑을 알 때까지
참고 기다리는 은혜를 베풀어 주셨네

방사선 치료하면서

식사 1.

방사선 치료하면서 식단을 바꾼다

잔멸치 볶아 강 된장국을 끓인다

마른 새우 애호박 감자 각종 버섯

양파 대파 마늘 청국장 넣어

강 된장찌개를 끓여

양배추를 쪄 강 된장찌개를 쌈 싸 먹으며

한 끼니 하루하루를 이어 나간다

암 환자는 잘 먹어야 한다는데

먹고 싶은 게 없다

무엇을 어떻게 먹어야 잘 먹는 것일까?

식사 2.

당근 셀러리 양배추 브로커리 가지
찜기 솥에 3분 익혀 사과 생들기름 가을 새우젓으로
간을 맞추어 셀러리로 시작하는 아침
미역 북어 두부를 넣어 끓인 국과
콩을 넣은 밥으로 하루 한 끼 식사한다
밥을 먹을 수 없으면 쑥떡을 맞춰 식사 대용하고
콩 메시루떡과 열무김치로 식사한다
아보카드 키위 과일을 약간씩 먹으며
기진하지 않을 정도로 먹고 물은 수시로 마신다
때로는 율무 아몬드 호두 생강차
작은 생고구마 하나로 한 끼 식사를 넘길 때도 있다

식사 3.

식사하기 어렵다 암 환자들의 식단으로 바꾸어
양배추 당근 브로커리 가지를 3분간 찜기에서 찐다
검은콩두유 블루베리 30알 크린베리 호박씨
누룽지를 섞어 아침 식사를 하고
아무것도 먹고 싶은 것이 없지만
합병증약을 먹어야 하니 식사를 한다

하루에 한 숟가락 밥을 황태국과 함께 저녁 식사를 한다
다리 힘이 없고 어지러워 기운이 점점 떨어진다
몸무게는 십삼 킬로가 줄어 삼십칠 킬로가 되었다
운동 삼아 식재료를 직접 사다가 요리하여 먹는다
매운 고춧가루를 사용하는 김치를 먹지 못한다
요도와 항문이 개운하지 않고 잔뇨와 변이
계속될 것처럼 항문과 방광 부근이 따끔한 통증이 계속된다

방사선을 끝내고

한 달이 지나서 CT 검사를 하고
다시 항암을 시작하였다
전투의 용사 이름은 파클라탁스 약과 2개월 함께하고
일 주간 쉬는 중에 2월 17일부터 왼쪽 다리가 부어오른다
왼쪽 다리가 5센티미터가 더 굵어졌다
이뇨제 약을 먹고 항생제를 한 달간 먹어도 변함이 없다
왜일까 림프부종일까 암 환자에게 흔하게 오는 합병일까

비뇨기과 정기 점검 교수님이
지금 입원하여 검사하라 한다
입원하여 암 전이 검사와 혈관 CT를 3월 24일 찍고
28일 결과를 본다
방사선과 항암 약의 부작용일까
결과는 다음 주 외래에서 확인하여야 한다

외과 병실

외과 검사 왼쪽 골반 방사선 치료하던 자리 세포가
떡처럼 짓이겨져 혈관이 피가 흐르지 못하여
다리가 부어오른다 압박 스타킹으로 압박하면
통증이 오고 살이 찢어지는 느낌이 든다
왼쪽 엉덩이가 빨갛게 부어오르고 수포들이 솟아
대상포진처럼 군락을 이루어 나타난다
수술도 할 수 없어 하나님 치료의 섭리를 기다릴 뿐
한 가지 병이 나서 한 가지 치료되면 좋으련만
치료하는데 다른 합병이 함께하여
계속 통증이 오니 치료를 중단할 수 없다

면역 항암 시작

일 주 한 번씩 약의 병정 덱사메타손은

전신이 따끔거리고 위가 메스꺼워 토할 것 같아

주사를 맞는 동안 물을 마신다

페니아민, 가소터, 팍셀주가 나를 돕는다

나를 위하여 출정한 시간은 3시간 걸린다

면역을 UP 시켜 나를 지키는 군대장들이다

수술하고 항암치료 하면서

일 년에 한 번씩 머리가 세 번째 빠졌다

의자에 앉을 때나 바닥에 앉기가 어렵다

방광 쪽에 덩어리가 있어 받히니 앉기가 불편하다

파드셉 대장

지난 병정들 지나가고 Enfortumab Vedotin
앤포루트맙 베도틴 새로운 군대 파드셉 대장을 출정시
켰다
두 주째 투입되면서 통증은 약해져 가지만
다른 부대들이 함께 왔다
목마름 시야흐림 졸림 식욕부진 가려움증
입안 벗겨짐 과일향 냄새등이 함께 역사한다
아프게 하는 적군만 정복하면 좋으련만
다른 부대들이 합병하여 짝으로 함께 들어온다
가려움과 졸림 식욕부진이 괴롭힌다
잠을 자도 자도 밤과 낮에도 계속 졸립다
낮잠을 참아보려고 돌아 다녀본다
끝내는 머리에서 헬리콥터의 프로펠러 소리가 난다
어지럽다 어쩔 수 없다 자야겠다.

촛불

밀랍을 사르며 피어나던 불꽃처럼
밝고 따뜻하게 피어올렸지
마지막이 가까이와 바닥에 녹아 있는
마지막 남은 밀랍을 심지에 끌어 올리며
불꽃은 붉게 타올렸지
불을 켜는 순간부터 꺼지는 순간까지
피어날 수 있었던 불꽃
마지막 앉아 있던 자리에
하얀 재를 남기고 한 점 먼지로 날아가는 순간까지
한 생이 지나가는 길로 가야 하는 길을 간다

훼방꾼

파드셉이 데리고 온 합병 군대가 일어섰다
온몸이 따갑고 간지럽고 졸음을 이길 수 없다
요도는 열을 받아 소변이 쏟아질 것 같아
변기에 하염없이 앉아 잊어도 소변은 나오지 않고
어지럽다 열이 37'5가 올라 몸의 감각이 휘청거린다
머리가 멍하고 프로펠러가 돌아가며 어지럽다
항암 주사는 맞지 못하고 합병중약 주사를 맞으니
강하게 역사하는 아픔들이 순간 기가 죽는다
간지러움이 사라지고 터질 것 같은 요도가 잠잠해진다
체온계 키 146센티 몸무게 40kg 온도 36'8
최고 혈압 87, 최저 37, 맥박수 84가 나타난다

아침 식사 양배추, 당근, 브로커리 야채 찌고
블르베리 30알, 크린베리 20알, 호박씨, 검은콩두유로
조식하고
콩 메시루떡에 열무김치하고 점심 식사한다.

파드셉 승리

항암 약을 주사하면서 혈압이 낮아 주사 맞는 중

혈압을 측정하며 주사를 맞는다

합병이 치료되면서 다리 부종이

5개월 만에 왼쪽 다리가 얇아져 간다

왼쪽 발바닥에는 철판을 깐 것처럼 감각을 못느낀다

여전히 다리뼈는 통증을 느낀다

파드셉 부대가 3개월 적군과 싸우고

5소대 병정들이 전투하고 승리하여

따라온 합병들 힘이 약해져 간다

몸은 역시 힘이 없다 그동안 먹지 못하고

시달렸던 후유증일까

한 걸음도 조심조심 걸어보자 넘어지지 않도록

주님 앞에 나아가 온전한 승전고 울려

주님 은혜 감사 올릴 때까지

인연

태어나면 떠나야 할 시간 향하여 가는 길
허락받은 시간은 모두 달라서
무엇도 거역할 수 없는 만 생이 돌아가는 길
만날 때 인연은 기뻐하지만
부여받은 시간을 향하여 가는 길에서

만난 귀한 인연이 옆에 있을 동안
현실에 밀려 소중한지 모르고 지나다가
헤어질 때는 이별이 너무 아파
세상에 가장 슬픈 것이 영원한 이별인 것을

이별이 오기 전에 귀한 인연 아낌없이
처음 만난 마음처럼 사랑하며
헤어지는 아픔에 슬퍼하지 않도록
짧은 시간 함께 소중하게 지나가는 인연으로 살아야 하리
메멘토모리 생각하며 후회 없는 날을 보내야 하리라

나 돌아가리라

다 낳았다 생각했던 골반에서 암세포가
다시 성장하고 있다 수술을 하여야 한다
수술하면 건강이 감당할 수 있을까
자신은 없다 하나님께 맡기는 믿음으로
결정하여야 한다 세 번째 재발이다

나의 여정 마치고 내 임이 기다리는
그곳으로 돌아가야 하리라
고뇌하며 지나오는 길에서 사랑을 알았고
행복도 아픔도 알았어라
언제까지 머물지 모르는 이곳에서
후회 없이 못다 한 거룩한 사랑만 하리라
세상을 지나오며 많은 일로 고난을 만났으나
나를 다듬고 세우는 연마제였어라
아름답게 다듬어진 모습이 아니어도
임이 나에게 입혀준 성의(聖衣)를 입고
기다리는 내 집으로 돌아갈 준비를 하여야 하리라

세 번째 재발

그동안 신약 치료를 하며 사 년이 지나
구월 정기 점검 CT 검사에 방광 옆에
암세포가 자리를 잡아 자라고 있다는 결론
나는 수술하고 싶지 않다 수술이 싫다
생명을 주관하신 내 임께 맡기고 싶다
암이 나를 놓을 수 없어 데리고 간다고 해도
생명의 주관자이신 임이 허락한 길이라면
행복한 길을 따라가는 정하여진 나의 길
기쁨으로 맞이하려 한다
부르시는 날까지 정결하게 준비하여
즐겁게 대답하며 따라가려 한다

침이 쓰다

몸에서 쓴 냄새가 나고
입에 침은 쓰다
치아는 다 솟았다
방사선 부작용으로
다리 부종약을 먹고
항암 합병으로 가려움약을 먹으며
방광 통증약을 먹는다
기운이 진하여 생각이 안 되고
머리가 아파 뇌 약을 먹으며
잔 소변 치료제를 먹으며
하루 복용하는 약 알이 13개가 된다.
하루에 3번으로 나누어 먹는다
아이스크림을 먹어도
시원한 얼음물을 마셔도
냉장고 속 과일을 먹어도 이가 시리고
다리 쥐가 나고 손이 쥐가 난다

에어컨도 켤 수 없고
선풍기도 돌릴 수 없다
더운 여름 37℃ 상온에서
땀을 흘리며 지난다
더운지는 모르는데
몸에서는 땀이 물이 흐르듯 흐른다

5부

암과의 전쟁은 승리!

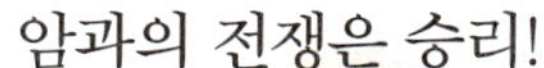

암 병동 전쟁은 승리

생사화복을 주관하시는 하나님 은혜 안에서

비뇨기과 조혁진 교수님의 계획으로

암 병동 김인호 교수님 지휘를 따라

암과 전쟁 시작하는 수술대 위에서 로봇을 전투에 돌입
시켰다

순서와 상황 따라 약들의 부대를 호명하여

소대 병정 사병들을 투입하고

곳곳에 숨어있는 적들과 전투하며

약해진 아군을 강하게 증진하는 일에 온 정성을 쏟았다

명량대첩 영화 이순신 장군이 울돌목 해협에서

탁월한 지휘로 13척의 배로 적군 333척의 배를 진멸시
키고

용맹스럽게 승리하여 나라를 지켰던 것처럼

문무왕이 7년 전쟁에서 승리하고 삼국통일을 완수했던

것처럼

김인호 암 병동 교수님 지휘는 탁월하였다
기세등등한 말기 암 적군과 전쟁에서
약의 사병을 수비로 세우고 병정들을 적정 시기에
투입하며 치열한 전투는 연속되었다

사 년 동안 작전을 지시하며 치열하던 전투는
1,780일, 오 년 만에 승리의 깃발을 들었다

한 생명을 귀하게 여겨 혼신의 정성을 쏟아 전투했던
비뇨기과 조혁진 교수님과 암 병동 김인호 교수님의
돌보심을 받은 환자는 승리의 기쁨이 충만하여
인도하여 주신 하나님 은혜에 감사와 영광을 올린다

행복

잠시 잠깐 지나가는 세상에서
부귀와 명예가 행복이 아니라오
함께 걷는 사람과 마음을 나누며
생각도 나누며 서로가 받은 달란트
나누며 기뻐하는 것이 선한 행복이라오
마음으로 아껴주고 사랑으로 보살펴주며
날마다 살아있을 때 할 수 있는 교제
애정 어린 눈빛으로 바라보며 마음을 주며
내 마음과 생각이 달라도 용납하며
품어주며 함께 하는 것이라오
세상에서 가장 귀한 생명이 함께 있을 동안
여한 없이 나누며 누리는 것이라오
세상에 있는 시간 너무나 짧은 허락된 시간인데
헤어지기 전에 온 마음으로 사랑하여도
영원한 이별이 다가오면 이별이 너무 아파
마음 치며 눈물 흘려도 멀어져간 지난날

떠나가면 영원히 다시 만날 수 없는 이별인데

멀어지기 전 헤어지기 전 사랑으로

아픔도 고통도 품고 견디며 서로 긍휼히 여기며

옆에 있을 때 함께 견디며 서로 세워 주는 것이 행복이
라오

사랑의 임

어두운 밤을 하얗게 보내며 나의 임을 만나

님의 십자가 고난은 나의 생명을 위함이요

나의 죄악 때문에 가시관을 쓰고

허물 때문에 채찍으로 맞아 병을 치료하셨으니

신음소리 외면하지 않으시고

상처 위에 주님 흐르는 보혈로 씻으사

아픔의 고통을 평안으로 고치신 주님

주의 이름이 나의 아픔을 고치시고

고통과 아픔에서 건지사 평안을 주시오니

나의 주 나의 주를 찬양하리 찬양하리라

승리의 깃발을 들고

암이 나타난 지 시간이 흘러
암 병동 교수님 지시 따라 치료에 충실하며
깊은 골을 지나고 돌밭 길을 지나
가시 길을 헤치며 능선을 오르고
지나온 구비구비 스쳐 치료의 정상에 올랐다

땡그랑 땡그랑 땡그랑 완치의 황금종 소리 울린다
천사의 박수 소리 하늘까지 퍼져 오르고
하나님께 영광 나에게 기쁨이 임하는 소리
암을 승리한 황금 종소리 하늘 보좌 향하여 올라간다

살아계신 하나님께 영광
사랑의 주님께 영광
성령님께 감사 영광

오직 살아계신 삼위일체 나의 하나님께 감사 영광을

영원한 회복 again

지나온 길 마지막 빔을 조용히 눈을 감고

새로운 날 맞이하여 맑고 밝은 아침

꽃향기 가득한 곳에서 나비가 춤을 추고

하늘 곡조에 맞추어 새들처럼 노래 부르며

영광의 나라에서 아름다운 천사들 함께

슬픔과 아픔이 없는 청량한 웃음소리 넘쳐나는

그날 그곳에서 우리 함께 즐거움과 기쁨에 젖어

황금길 걸으며 사랑하는 임들을 만나

새들처럼 재잘대며 꽃처럼 아름답게

밝고 맑은 주님 사랑 넘치는 그곳에서

너와 나는 영원토록 은혜를 누리리라

어두운 밤 눈 위 천사들

은박 비닐을 두르고 정의를 위하여

하늘에서 눈이 내리고 눈에서는 눈물이 흐르는 밤

아스팔트 위에 눈사람이 되어

우뚝 앉아 있는 키세스 군단

불의를 뒤집는 미륵불 같은 의의 빛으로

어둠과 싸우는 은박 여왕들이여

어둠의 광장에서 언 땅을 녹이며

정의가 빛나기를 기다리면서

온몸으로 어둠을 막아 올바른 길을 세우기 위한

우주의 천사들이여

정의와 진실을 위하여 몸 바친 의의 용사들이여!

반드시 봄이 온다. 밝고 따뜻한 승리의 날이

끝까지 견디어 승리하는 날까지 인내하기를 응원하리라

* 2025. 1. 5. 밤, 한남동 아스팔트 위 눈사람을 보며

기원

여호와여 승리의 깃발을 주소서

여호와 이름을 위하여
주님 사랑을 위하여
성령님 보호하심을 위하여

여호와 깃발을 높이 들고 나아가는
푸른 별 곳곳에서 선교사님* 목사님

지인들이 주님 향하여 간구하는
기도 소리 들으시고 주님 백성에게
동일한 복으로 내려주소서

* 2025. 1. 5. 밤, 선교사님들을 생각하며

박신배 교수님 영성시(詩)

인생은 꿈을 꾸는 것 같은가
이 세상은 잠깐 지내다 가는 나그네 거처이니
순례자 영성으로 살아야 하리라

영원한 장막집이 있으니 이를 바라며
영원한 나라 영생 복락을 추구하며 살아야 하리

사도들 주의 종들은 이 잠시 잠깐의 삶을
사랑하며 기도하며 감사하며 기쁘게 살아갔지
달려갈 길 다 가고 관제가 부어졌다고
바울은 이후로 생명의 면류관이 예비 되었다고 고백한다

오늘 우리도 주어진 십자가 영성으로 하늘 뜻을 구하며
내 몫의 사명, 복음 전도자로서
영광의 면류관 쓰고 행복을 전해요

하나인 빛의 자리
— 이귀현 시인님의 고통을 떠올리며

어둠도, 고통도
당신을 삼키지 못합니다
당신은 기도의 바위이고
믿음의 성벽이기 때문입니다

눈물의 무게가 깊어지는 밤에도
당신을 앗아가지 못합니다
당신의 가슴은 태초의 달씀에 닿아 있고
더 이상 갈 곳 없는 허공 끝,
이미 시작점에 와 있기 때문입니다

당신은 '여기'에 있습니다
한번도 '여기'를 떠난 적이 없습니다
어둠의 눈물도, 기쁨도, 슬픔도
여기, 하나의 빛을 떠난 적이 없습니다
내가 너인, 여기 꽉 찬 빛

— 2025년 12월 이기와 (시인) 씀

표중실 전도자님 기도

내 친구 구도자는 말기암 환자를 응원한다

걷기도 힘들어하는 아무도 만나고 싶어하지 않는
한 사람을 잘 도와주고 싶은가 보다

인생의 운명은 하늘이 정하지만
우리는 그 어떤 상황에도 최선을 다해야 한다

내 친구 구도자는 바로 그런 사람이다

아, 친구여 나도 기도하마
건강히 자신의 시집을 읽으며, 후일
웃을 수 있도록 나도 응원하마

주님이 그런 벗을 응원하시길
하늘 은혜와 긍휼히 그분과 벗에게 임하길

— 가을 남자 함양 인산가에서 심드림

탄자니아 김병성 선교사님

"예, 총장님 기도했고 계속 기도하겠습니다."

이귀현님을 위한 기도이기도 하고 10여 년 지난 같은 상황이었기 때문이고 우리 교우들의 소풍 같은 삶의 같은 공감이기도 하기에 더욱 저의 가슴에 다가옵니다.

제가 일본을 향하여 마음을 품도록 하신 분이 하나님이시지만, 즉시 실행할 수 있었던 동기가 어느 목사님의 찬송시를 받았던 그 시의 내용 때문이었습니다.

이후에 원하시면 그 원문을 1992년 3월 17일 그때의 심정과 심령을 보내드리겠습니다.

이귀현 시집을 천천히 음미하면서 보겠습니다. 그리고 우리 교우들에게 공유하도록 하겠습니다. 샬롬입니다.

* 이상열 선교사님의 편지 2024, 11, 17일

한영숙 말기 암 환자
— 눈물의 기도

깊어가는 밤 의지 없이 나 홀로 서러워

그리워라 나 살던 곳 사랑하는 부모 형제

꿈속에서도 방황하는 내 정든 옛 고향

일흔일곱 하얀 머리카락 휘날리며

소녀 시절 되뇌며 그리워하네

추억을 생각하게 하시는 우리 주님께 영광을 드립니다

* 2024,11,21

* 77세가 되어 중학교 동창이 말기 암 투병 중 떠나기 전 글. 2025. 7. 4. 소천

기도하여 주신 선교사님

1, 방글라데시 박필우 선교사님

2, 몽골 현은혜 선교사님

3, 캄티벳 송영광 선교사님

4, 캄보디아 홍시환 선교사님

5, 일본 이상열 선교사님

6, 마다카스카르 김경숙 선교사님

7, 케냐 조규보 선교사님

8, 말레시아 정병성 선교사님

9, 원영희 목사님

셀 수없이 많은 목사님과 성도님들 기도, 이귀현 암 환자를 위하여 기도하신 선교사님의 사랑에 동일한 복이 임하여 주시기를 간구하며 감사드립니다.

내 주 성삼 위 하나님께 감사 영광을 올립니다

영원한 소망을 품고 드리는 인사

— 박신배 교수님, 이명권 교수님, 그리고 이 자리에 귀한 글로
마음을 더해주신 분들과 사랑하는 모든 지인들께

하루하루가 힘겨운 투병의 나날이었지만, 여러분들이 보내 준 따뜻한 글을 읽는 동안 잠시나마 이 땅의 고통을 잊고 하늘의 깊은 위로를 경험했습니다. 이 시집 『보혈, 여호와 닛시 - 승리의 깃발을 받고』가 세상에 나오기까지, 저의 영혼 깊은 곳에서 길어 올린 찬양시와 순례자의 일기가 완성될 수 있었던 것은 모두 여러분의 기도 덕분입니다.

특별히 추천사를 통해 저의 시 세계를 귀한 말씀으로 정리해 주신 이명권 박사님께 깊이 감사드립니다. 교수님께

서 말씀해 주신 것처럼, 이 시편들은 제가 한평생 말씀을 몸으로 살아내려 애쓴 신앙의 언어이며, 제 삶의 체험으로 녹아든 성경의 약속과 위로가 담겨 있습니다. 교수님의 통찰력 있는 글을 읽으며, 저의 시집이 단순한 문학의 세계를 넘어 하나님 임재의 숨결이 스며 있는 기도의 자리로 독자들을 초대할 수 있기를 다시 한번 간절히 소망하게 되었습니다.

박신배 교수님의 시에서 말씀하신 것처럼, "이 세상은 잠깐 지내다가는 나그네 처"임을 뼈저리게 실감하고 있습니다. 지나온 제 삶의 시간을 돌아보며, 그동안 무엇이 그리 중요했나 싶습니다. 하지만 여러분이 나눠주신 "순례자 영성"과 "영원한 장막집"에 대한 소망은 제 마음에 크나큰 평안을 주었습니다. 이제는 남아있는 시간을 허락하신 십자가의 뜻을 구하며, 제게 주어진 마지막 길을 묵묵히 걸어가려 합니다.

표중실 전도자님의 글과 여러 선교사님들의 기도 편지에서 전해지는 한결같은 사랑과 응원의 마음에 눈시울이 붉어졌습니다. 걷기도 힘든 저를 위해 밤낮으로 기도해주시는 그 마음에 어떻게 감사해야 할지 모르겠습니다. 여러분의 기도는 저의 마지막 여정에 가장 든든한 동반자가 되어주고 있습니다.

한영숙 성도님의 눈물의 기도 시를 보며 깊이 공감했습니다. 저 또한 일흔여덟의 나이에 고향과 부모 형제를 그리워하며 지난 추억을 되새기고 있습니다. 하지만 그 추억조차도 우리 주님께서 허락하신 은혜임을 깨닫고, 마지막 순간까지 감사함으로 영광을 돌리고 싶습니다.

"어두운 밤 눈 위 천사들"의 비유처럼, 정의와 진실을 위해 애쓰는 여러분의 모습은 암흑 속에서 빛나는 희망의 별과 같습니다. "반드시 봄이 온다. 밝고 따뜻한 승리의 날이"라는 확신의 말씀은, 육신의 연약함을 넘어설 영원한 승리를 바라보게 합니다.

방글라데시 박필우 선교사님부터 원영희 목사님까지, 셀 수 없이 많은 분들의 기도의 끈이 저를 붙들어 주고 있음을 믿습니다. 이 모든 사랑과 기도에 다시 한번 감사드리며, 저를 위해 간구해 주신 동일한 복이 여러분 모두에게 충만히 임하기를 간절히 기도합니다.

이제 저는 모든 인간의 욕심을 벗어 버리고 주님께서 가라는 길을 조용히 따르겠습니다. 고통과 실현 가운데 평안을 잃지 않고 하나님의 품 안에서 거할 수 있도록 등을 밀어주고 손을 잡아주신 제 주변의 모든 이들에게 깊이 감사드리며 하늘의 복을 그분들께 돌립니다.

하나님의 은혜와 평강이 늘 함께하시기를 빕니다.

2025년 12월 1일

미소를 머금고 순간을 영원으로 살아가는 **이귀현** 드림.

보혈,여호와 닛시
- 승리의 깃발을 받고

초판1쇄발행 ∣ 2025년 12월 15일

지은이 ∣ 이귀현

펴낸이 ∣ 이명권

펴낸곳 ∣ 열린서원

등록번호 ∣ 제300-2015-130호(1999년)

주소 ∣ 강원특별자치도 화천군 간동면 용호길 73-155

전화 ∣ 010-2128-1215

전자우편 ∣ imkkorea@hanmail.net

ISBN ∣ 979-11-89186-85-2(03810)

값 15,000원